A. GEORGES

LE VANDALE

DU NORD

1870-1871

PARIS

E. LACHAUD, ÉDITEUR

4, PLACE DU THÉATRE-FRANÇAIS, 4.

—

1871

A. GEORGES

LE VANDALE

DU NORD

1870-1871

PARIS

E. LACHAUD, ÉDITEUR

4, PLACE DU THÉATRE-FRANÇAIS, 4.

1871

LE

VANDALE DU NORD

1870-1871

On ne peut sans frémir penser à tout cela !
Aux temps où nous vivons un nouvel Attila,
De conquêtes avide, ambitieux de gloire,
Descendant de celui dont on connaît l'histoire,
Suit dans l'ombre, la nuit, sous le chêne et le hêtre ,
Les sentiers tortueux qu'a suivis son ancêtre.
Ce barbare étranger qui dans le mal excelle,
Et qui traîne après lui toute une vraie sequelle
D'oppresseurs, d'opprimés, odieux mercenaires ,
Qui allument la torche aux feux incendiaires,
Parcourt en tous les sens la chère et noble France
De richesses si pleine ainsi que d'espérance.
Il ose y promener et le fer et la flamme ;
Il tue l'homme ou le blesse et outrage la femme ;
Il détruit les moissons, incendie les villages,
Pille, rançonne et prend les vieillards en otages.

Tous moyens lui sont bons, l'arme au poing, la menace,
Sur des gens sans défense augmentent son audace ;
Il réquisitionne, il demande ou bien somme,
De lui trouver plus d'une exorbitante somme ;
Et si par impossible, on ne peut satisfaire
De suite à ses désirs — ce qu'a lieu d'ordinaire,
Il tue, anéantit, il bombarde, et détruit
Villages, villageois à l'heure de minuit.
Il voyage à tâtons, suit le long des forêts,
Afin de mieux cacher ses crimes, ses forfaits ;
Recherche le fourré, l'endroit pour le cacher,
Il a crainte souvent qu'on aille l'y chercher.
C'est ainsi qu'il s'avance au milieu des provinces,
Sans cesse bouleversées par les rois et les princes ;
Et lorsque devant lui la cité, par vaillance,
Oppose quelque obstacle, un peu de résistance,
Il s'arrête aussitôt, rêvant par quels moyens
Il épouvantera des soldats-citoyens ;
Alors usant de tout pour suivre ses desseins,
Il se venge en barbare et teint de sang ses mains :
C'est du sang innocent, horreur ! peu lui importe !
Vieillards, femmes, enfants y passent de la sorte.
Puis, méfaits, infamies, cruautés et désastres,
Vont du logis des grands à la hutte des pâtres.
Ruines de partout et désolations,
La lutte enfin n'est plus qu'abominations.
Cet amoncellement d'assassinats, de crimes,
Plongeant l'humanité dans de profonds abîmes,

Ne saurait l'arrêter. Son métier de bandit,

En tous lieux exploité, le fait nommer maudit.

On le craint, on le hait; sa fureur est sauvage,

Et ne respectant rien, ni le sexe, ni l'âge,

Il fait fuir l'habitant. Les campagnes désertes

Offrent le triste aspect d'irréparables pertes ;

Dans le foyer béni, l'harmonie, oh ! quel sort !

Est rompue par l'absence ou brisée par la mort ;

L'homme quitte à la hâte une épouse chérie,

Pour chasser l'étranger, pour venger sa patrie ;

Devenant tout de rage, excité par la haine,

Et pensant à sa femme une fureur soudaine,

Éclate dans ses yeux et fait un combattant,

Qui étonne et confond un ennemi puissant.

Il s'avance à pas lents, ce géant criminel,

Et ne craint pas tout haut d'invoquer l'Éternel.

Mais se sert-il d'audace ou de dérision ?

C'est ainsi qu'il agit ; l'imagination

Se refuse à le croire, et, c'est un fait certain :

La prière aujourd'hui, mais la tuerie demain.

Et continue sa marche à travers les broussailles,

Jusqu'à ce qu'il se heurte à de simples murailles.

Il s'arrête pourtant, froissé dans son orgueil,

De voir que quelques murs lui font mauvais accueil.

Que doit-il faire alors ? Pour lui c'est chose grave.

Tenter un coup de main ? C'est prouver qu'on est brave.

Lutter loyalement, attaquer en soldat ;

Dignement observer ce qu'est lois au combat ;

Disputer la bataille à force d'énergie ;
Ne point avoir recours aux secrets de magie ;
Apparaître au signal du canon tout noirci ;
Dire à son adversaire : Arrive, me voici ;
Affronter le péril, mépriser le trépas,
Ce sont des qualités qu'on ne lui trouve pas.
Loin de là, pour combattre il a d'autres projets,
Qu'exécutent trop bien ses aveugles sujets ;
Connaissant le pays, les bois encore mieux,
Il commence d'abord par se mettre en sûrs lieux,
Du danger a le soin de se mettre à distance ;
Il calcule et attend, puis enfin il s'avance,
Et saisit le moment pour se glisser sans bruit,
Que les lueurs du jour aient fait place à la nuit.
Alors n'ayant besoin pour étonner le monde,
Que de mettre à profit l'obscurité profonde,
Il choisit à son aise un antre, s'y blottit.
C'est ainsi qu'il combat. Il est donc bien petit,
Ce cruel conquérant, cet infâme soudard,
Qui s'est ceint d'une épée, mais qui s'en fait un dard,
Qui se cache épiant un loyal adversaire,
Que souvent il attire en son affreux repaire,
Qui, ne se montrant pas, paraissant immobile,
Lui lance du venin de son trou de reptile ?
Son adresse à tromper les gens de bon aloi,
Fait preuve assurément qu'il excelle à l'emploi
Des plus lâches moyens : le mensonge, la ruse,
Le font grand misérable aux degrés qu'il en use.

Voilà toute sa gloire : investir une ville
Qui défend son pays, le foyer, la famille,
Même sa propre vie et venge son honneur,
Trahi, livré, vendu par un lâche imposteur.
Quelle gloire ! Pitié ! Quelle honte nouvelle !
De n'oser aborder aucune citadelle.
On le voit fort souvent s'arrêter, tout surpris,
A l'aspect de vieux murs, devant quelques débris ;
Accablés par les ans, ces débris en détresse,
L'empêchent d'affronter l'antique forteresse ;
Hésitant un moment, mais fidèle à son culte,
Où domine l'orgueil, plus encore l'insulte,
On le voit assembler un suprême conseil,
Gravement qui déclare : O décret sans pareil !
Trop large est le fossé, le vieux rempart trop haut,
Pour l'attaquer de front et la prendre d'assaut.
Attendons, se dit-il ; mieux vaut mettre en pratique
Tout ce qu'imagina ma prudente tactique.
Et le monstre égorgeur, l'infâme majesté,
Qui, de son spectre affreux a la ville infesté,
Contemple de son trou d'où parfois il rumine,
Les douloureux effets que cause la famine.

Hélas ! sa cruauté n'a point mis là ses bornes !
Est-il possible aux rois d'être émus, tristes, mornes
A la vue d'un spectacle où ruisselle le sang ?
Aux souffrances cachées d'un supplice ainsi grand,

Ils ne sont que de marbre et font la sourde oreille,
Ou sont d'une insolence à nulle autre pareille.
Ce n'est pas si facile, au milieu du carnage,
De contenter de peu leur nature sauvage,
Quand ils ont au contraire un féroce appétit.
Il faut du sang au tigre et de l'or au bandit,
Pour que dans leur tanière, amassant les méfaits,
Ils puissent l'un et l'autre y grouiller satisfaits.
Les plus sombres douleurs, en hiver, par la neige,
Où le froid et la faim avec leur noir cortége,
Déjà font du ravage en la grande cité,
Ne peuvent pas suffire à la férocité
Du vandale du Nord. Il lui faut plus encore,
Pour abreuver la soif de sang qui le dévore ;
Mais sa coupe en est pleine, elle déborde en vain,
Il est tant altéré, ce bourreau souverain ! ! !
Quand la lutte est finie, sur le lieu du combat,
C'est à peine s'il voit le malheureux soldat
Sur la terre couché dans d'affreuses postures,
Le visage, le corps mutilés de blessures ;
Par milliers, le terrain est jonché de cadavres ;
Par la poudre et le fer et les traîneurs de sabres,
Sous les pesants boulets s'écroulent les villages ;
Des canons la fumée s'élève en gros nuages ;
Le ciel est obscurci, c'est comme un fond de gouffre
Où l'air est empesté par une odeur de soufre.
Hélas ! Ce n'est qu'horreurs sur les champs de batailles,
Tout est horrible à voir, même les funérailles

Des pauvres insensés que le sort a jetés
Sous les griffes du monstre aux instincts indomptés.
Oui ! Nager dans des flots tout rougis et fumants :
Regarder, sans les voir, des hommes expirants
De douleur, se tordant dans la boue, la poussière ;
Être sourd à des cris qu'une souffrance amère
Arrache de leurs flancs entr'ouverts et meurtris,
Et n'avoir pour pitié que l'insolent mépris,
C'est être bien cruel. Tyran ! dont l'ironie
Insulte le mourant jusque dans l'agonie,
Tu l'as tant médité ton coupable dessein,
Qu'il est digne de toi, misérable assassin !
Ce n'était pas assez d'arracher du foyer
Ces frères, ces époux que ton joug fait ployer ;
D'arrêter le travail, d'épuiser tes finances,
D'accabler ton pays tout entier de souffrances ;
D'entraîner avec toi les martyrs aveuglés
De ces petits États sans cesse morcelés,
Par la force et la ruse au profit de ta gloire,
Dont ils conserveront une triste mémoire ;
La ruine, la mort jetteront dans le deuil
Tous ceux qui serviront à ton sauvage orgueil.
Tu n'as pas craint, barbare, au risque de leur vie,
De les faire instruments de ta féroce envie.
Et tu le sais, Guillaume, alors c'étaient des hommes ;
Tu en fis des pillards, dans le siècle où nous sommes.
Ainsi que des brigands, cette horde affamée,
A su t'organiser le vol à main armée.

Pouvais-tu t'arrêter triste, inquiet, effrayé
Sur l'horrible chemin qu'un traître t'a frayé ?
Il t'avait tout livré, cet homme plein de vices,
Ses canons, ses soldats, et leurs chefs ses complices;
Son épée au fourreau, son destin qu'il affronte :
Son déshonneur aussi, tout, et même sa honte.
Et tout cela n'a pu te suffire, hibou !
Allons, décidément tu n'as été qu'un fou ;
Tu l'avais terrassé, ton ennemi, ton frère,
Écrasé même avant qu'il ne partît en guerre.
Oui ! Tu savais d'avance en allant au massacre,
Que le sombre empereur qui s'est passé de sacre,
N'ayant été qu'un lâche, il le serait encore
Au moment où la France avait besoin d'éclore
Sous un jour lumineux. Cependant le moment
Fort propice arriva : le vil gouvernement
Qui seul fit tant de bruit, de festins et de fêtes,
Où l'on voyait en cour rien que d'ignobles têtes,
Lui, ce héros terrible aux honneurs parvenu,
Lâchement, disparut comme il était venu.
Ah ! ce que tu voulais, toi, le hideux fantôme,
Tu devais en bondir du fond de ton royaume :
Ce n'était pas la lutte où resplendit la gloire,
Où l'on cueille les fruits d'une saine victoire,
Non ! Tu voulais la guerre aux fureurs déchaînées,
Les Gaules par la Prusse abattues, ruinées.
Tu ruais par plaisir sur nous toutes tes forces,
Étant l'affilié de la bande des Corses.

Ensemble vous aviez médité ce grand coup;
Il allait réussir. Mais voilà tout à coup
Qu'à peine connaissant son glorieux métier,
Le superbe César se fit ton prisonnier ;
Les rôles ont changé. Soudain l'immonde pieuvre,
A toi laissa le soin de continuer l'œuvre
Qu'elle avait commencée. Tu fus ivre de joie,
D'avoir à dévorer une pareille proie ;
Sans doute tu croyais te livrer sans scrupule
A toute ta fureur, à ta force d'hercule ;
Tu comptais seul alors tes exploits à venir :
L'Europe était à toi, les rois devaient servir
Leur vénérable idole encensée par eux-mêmes ;
Ne craignant plus aussi les justes anathêmes
Que lancerait l'esclave en des cris si divers,
Déjà tu te croyais maître de l'univers.
O projet téméraire ! Illusion farouche !
Vous avez existé, mais vomis par sa bouche !
Car s'il fût ce malheur, au ciel que de nuages !
Sur la terre obscurcie, que de sombres images !
Du jour, l'astre vermeil éclatant de lumière,
Qui veut d'un libre cours se mouvoir dans la sphère,
Se serait éclipsé sous des voiles funèbres,
Et le monde eût vécu dans les noires ténèbres !
Ce fut dans cet état d'égarement sans doute,
Que tu ne craignis point de poursuivre ta route ;
L'obstacle était franchi, la digue était rompue,
Du sang versé ta soif n'était assez repue ;

Tu voulus pénétrer jusqu'au cœur de la France,
Y semer la terreur avec pleine assurance.
C'en est fait. Ce pays qui fut ta convoitise,
N'est qu'un vaste bûcher que ta fureur attise;
Et pour mettre le comble à ta rage infernale,
Tu bombardes Paris, la grande capitale;
La ville qui du monde entier fait les délices,
Où s'élèvent aux nues de si beaux édifices.
Bombarde-le, Paris, cette cité des arts,
Massacre l'habitant sans toucher aux remparts !
C'est par de tels moyens, sur la masse vivante,
Que tu veux parvenir à jeter l'épouvante?
Lâche, ignoble adversaire! Arrière, insulteur
De femmes et d'enfants, tous rassemblés de cœur !
Arrière, barbare! éloigne tes peuplades,
Tu n'achèveras plus les blessés, les malades!
Ce n'était pas assez, en batailles rangées,
De voir des légions par ton œuvre égorgées,
A ton ambition, que tu nourris de crimes,
Monstre ! il fallait encore un surcroît de victimes.
Éhonté potentat, massacreur d'innocents,
Qui détruis à plaisir et grandis les tourments;
Toi que rien n'arrêta dans ta course effrénée,
En répandant partout ta fureur ordonnée.
Allume l'incendie, égorge à domicile,
Va, dans l'air fais siffler tes bombes, c'est facile.
Ah! tu veux poignarder le sein de la Patrie,
Que ses nobles enfants sentent par toi meurtrie?

Tu veux l'assassiner? Quoi! tu veux son trépas?
Apprends qu'elle doit vivre et ne périra pas.

Mais, crois-le. Le lion rugira si l'ours grogne;
Et ce ne sera pas si facile besogne.
De chercher à détruire un peuple entier en armes,
Qui partout a jeté de nobles cris d'alarmes.
Sur le champ de bataille arrosant les sillons,
Du sang cher, précieux des jeunes bataillons,
On peut quand la fortune aux clameurs déchirantes
Favorise les coups de hordes massacrantes,
Abattre des armées, surmonter les obstacles,
Demeurer impassible à d'horribles spectacles;
On voit franchir l'espace au milieu des tempêtes,
S'avancer confiant; s'oublier dans les fêtes;
Applaudir aux effets de foudroyants cyclones;
Répandre sang et flamme, et renverser les trônes.
Mais ce qu'aussi l'on voit, l'histoire le renferme,
C'est qu'il n'est pas d'exploits qu'on n'y mette de terme;
De plus, tu ne le sais, indomptable cerbère,
Qui te ris des malheurs d'une effroyable guerre,
Cette œuvre d'un génie malfaisant plein d'audace,
Qui ne sait inspirer que les gens de ta race,
C'est que, malgré le sort, ta noire ambition,
Jamais ne détruira toute une nation.
Loin de là, le géant furieux qui se lève,
Ne veut point te laisser de repos ni de trêve;

Il veut marcher sans cesse au péril menaçant,
Te clouer sur le sol, t'y fouler en passant.
Son cœur sera d'acier et ses muscles de fer,
Pour éloigner ton spectre envoyé par l'enfer.
Tout son corps est meurtri par de lourdes étreintes,
Mais il fait retentir les échos de ses plaintes;
Et l'écho lui répond d'une voix sombre et fière :
Courage ! ! ! Défends-toi ! Combats à ta manière !
Lève-toi tout debout et franchis les montagnes,
Arrose, s'il le faut, de ton sang les campagnes !
Brave tout pour combattre un pareil ennemi !
Tel n'est encor vaincu qui ne l'est qu'à demi.
Si tu veux t'épargner le plus vil des supplices,
Sans doute il faut t'attendre à de lourds sacrifices,
Mais frappe sans relâche, assure la victoire,
Ou, sans elle, vois-tu, c'en est fait de ta gloire.
Il te faut à tout prix un succès éclatant,
L'anéantissement du lâche combattant.
Cours, vole en tous les sens, tue, massacre, extermine,
Sans reproche et sans peur présente ta poitrine;
Que partout sous tes pas la terre tremble, fume,
Que ton feu redoutable en efforts se consume;
Si tu faiblis parfois dans des piéges tendus,
Même, que tes projets traîtreusement vendus,
Soient la cause, soudain, de quelque défaillance,
Songe à ton avenir, pense à ta délivrance.
Si tu fléchis aussi, le sort a des caprices
Dont on ne peut prévoir les injustes malices,

Relève-toi plus fier, plus terrible qu'avant,
Pour être digne alors de ton nom de géant.
Si tu veux vivre enfin exempt de grandes peines,
Repousse loin de toi de trop pesantes chaînes ;
Si tu veux conserver ce restant de clarté,
L'étincelle de vie, ta pauvre liberté,
Frappe en désespéré sans pitié, ni merci,
Frappe un lâche ennemi de crimes tout noirci.
Il faut de la vengeance arborer le drapeau,
De rage l'écrasant, lui montrer son tombeau !
Et s'il baisse la tête ? Eh bien ! oui ! frappe encore,
Puisqu'il foule ton sol, le souille et déshonore.
S'il fait tout hors le bien, cet être insatiable
Qui devant tant de sang, se croit impunissable,
Fais-lui voir, en vengeur, que loin d'être immortel,
Il pourra se heurter contre un autre Martel !

A Paris, pendant le siége.

LIBRAIRIE DE LA GARDE NATIONALE

E. LACHAUD, ÉDITEUR

4, PLACE DU THÉATRE-FRANÇAIS, A PARIS

fr.   c.

JOURNAL OFFICIEL DES GARDES NATIONALES DE FRANCE (recueil mensuel). Un an . . . . 10 »

CODE MANUEL DE LA GARDE NATIONALE, ouvrage publié par le Ministère de l'Intérieur. Un volume in-8°. Prix franco . . . . 5 »

CARNET-MEMENTO (1871) pour MM. les offficiers et sous-officiers de là Garde nationale. Prix franco . . 1 »

Imprimés pour la Garde nationale.

LE SIÉGE DE PARIS, par Francisque SARCEY. Un volume in-18. Prix . . . . 3 »

L'INVASION (1870), par Albert DELPIT, un beau volume in-18. Prix franco . . . . 2 »

CHATEAUDUN, UNE PETITE BOURGEOISE, LES ASSIÉGÉES, poésies par Henri DE BORNIER, brochure in-12. Prix franco . . . . » 50

LE BOMBARDEMENT DE GOMORRHE, strophes par Abraham DREYFUS. Brochure in-12. Prix franco . . . . . . » 50

VOIX DES SILENCIEUX A LA PATRIE, poésie par Albert PINART. Brochure in-12. Prix franco . . . . . . » 50

Paris-Imp. PAUL DUPONT, 41, rue Jean-Jacques-Rousseau.